一隻偉大的狗

獻給 瑪莉西雅 —— DC

獻給 洛倫佐 —— MT

國家圖書館出版品預行編目 (CIP) 資料

一隻偉大的狗/大衛.卡利(Davide Calì)文；米蓋爾.坦可(Miguel Tanco)圖；游珮芸譯. -- 第一版. -- 臺北市：親子天下股份有限公司, 2021.01

48面；19 x 26　公分. -- (小小思考家；2)(繪本；264)

注音版

譯自：Great dog

ISBN 978-957-503-708-6(精裝)

885.3599　　　　　　　　　　109019549

GREAT DOG

Copyright ©2018 Davide Calì for the text

©2018 Miguel Tanco for the illustrations

Originally published in 2018 by Tundra Books, Toronto, Canada

Published by arrangement with Debbie Bibo Agency and Niu Niu Culture

小小思考家 ②

繪本 0264

一隻偉大的狗

文｜大衛・卡利　圖｜米蓋爾・坦可　譯者｜游珮芸

責任編輯｜陳毓書　特約編輯｜游嘉惠　美術設計｜林子晴　行銷企劃｜吳函臻

天下雜誌群創辦人｜殷允芃　董事長兼執行長｜何琦瑜

媒體暨產品事業群

總經理｜游玉雪　副總經理｜林彥傑

總編輯｜林欣靜　資深主編｜蔡忠琦　版權主任｜何晨瑋、黃微真

出版者｜親子天下股份有限公司　地址｜台北市 104 建國北路一段 96 號 4 樓

電話｜（02）2509-2800　傳真｜（02）2509-2462　網址｜www.parenting.com.tw

讀者服務專線｜（02）2662-0332　週一～週五：09:00~17:30

讀者服務傳真｜（02）2662-6048　客服信箱｜parenting@cw.com.tw

法律顧問｜台英國際商務法律事務所・羅明通律師

製版印刷｜中原造像股份有限公司

總經銷｜大和圖書有限公司　電話：（02）8990-2588

出版日期｜2021 年 1 月第一版第一次印行

　　　　　2023 年 6 月第一版第四次印行

定價｜320 元　書號｜BKKP0264P　ISBN｜978-957-503-708-6（精裝）

訂購服務
───────────────────────────

親子天下 Shopping｜shopping.parenting.com.tw

海外・大量訂購｜parenting@cw.com.tw

書香花園｜台北市建國北路二段 6 巷 11 號　電話（02）2506-1635

劃撥帳號｜50331356　親子天下股份有限公司

立即購買 >

一隻偉大的狗

文 大衛·卡利

圖 米蓋爾·坦可

譯 游珮芸

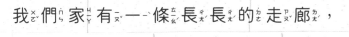

我們家有一條長長的走廊，
掛滿了家人的照片。
我很喜歡看這些照片，而我爸爸
也愛說跟照片有關的故事給我聽。

「這位是安格斯伯伯，警察之光。

他有非常靈敏的嗅覺，

什麼都逃不過他的鼻子。」

「然後是朵麗絲姑姑，消防狗。
孩子，你知道她有多勇敢嗎？
她的團隊要完成任務，
一定不能沒有她。」

「泰伯叔叔是馬拉松冠軍。

他是家族裡跑得最快的。

他總是跑在所有選手的

最前面。」

「那我呢？」我問：「我會變成一隻警察狗嗎？
還是當消防狗？ 或是一隻冠軍狗？」
我爸爸毫不猶豫的說：「不論當什麼，
你將來會是一隻**偉大**的狗！」

「這位是史固特叔叔。

史固特叔叔照顧一群小羊。

小羊們都很聽話,

從來不會惹麻煩。」

「優琪姑姑個子小，

　是我們當中最嬌小的。

　但是她卻離星星最近。」

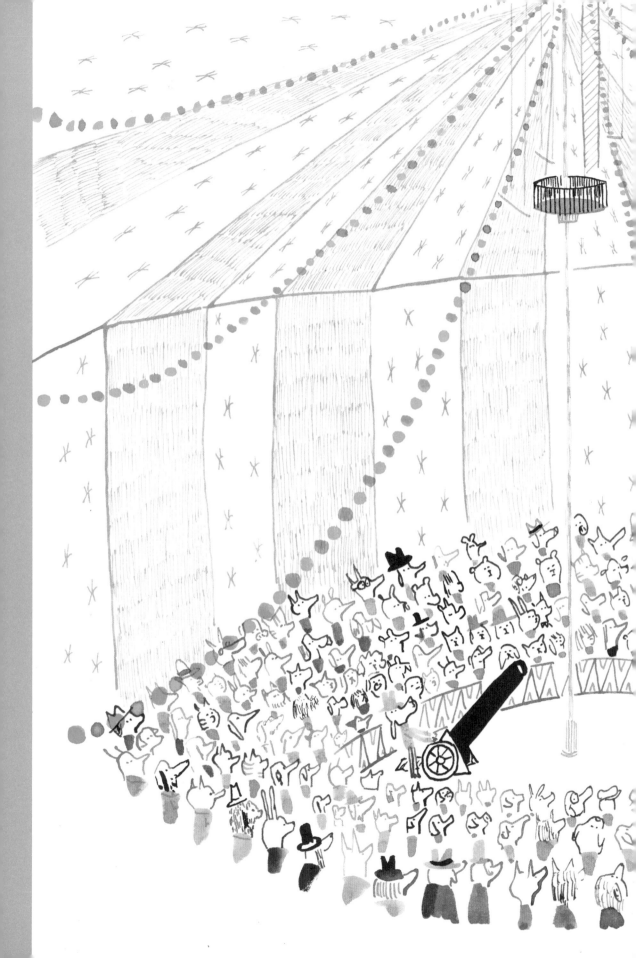

「還有這位芙萊妲姑姑。

她從小就立志當一位畫家。

現在大家都可以看到她的作品。」

「那我呢？」我又再問一次：「我要當什麼？
我也會當老師嗎？ 或是太空人？
還是當藝術家？」
我爸爸毫不猶豫的說：「不論當什麼，
你將來會是一隻**偉大**的狗！」

「你確定？」我問。

「當然確定！」我爸爸回答。

「當然、絕對確定？」

「我百分之百確定。

　你將來會是一隻偉大的狗，

　一隻優秀的狗⋯⋯」

「或是一隻偉大的貓，

你ㄋㄧˇ可ㄎㄜˇ以ㄧˇ自ㄗˋ己ㄐㄧˇ決ㄐㄩㄝˊ定ㄉㄧㄥˋ！」

《一隻偉大的狗》親師活動與遊戲手札

設計者｜朱家安 簡單哲學實驗室共同創辦人

思考議題

工作的選擇與價值觀有關係嗎？

「我該做什麼工作？怎樣的志向值得達成？」大家對此問題的答案不容易有共識，因為每個人對「美好志向」的想像都不同。然而可以確定的是，如果一個人在價值層面並不認同自己維生的方式，他不太可能活得快樂。此外，任何人都不太可能強迫別人接受他對特定美好人生的想像：外顯行為可以強迫產生，但是價值認同則不行，這是價值認同的特殊之處，也是價值探索和思辨教育重要的地方。

關於志向和人生的問題，也是一種價值問題，在這些議題底下，可以鼓勵孩子分享自己的看法並試圖說服別人，但也值得提醒他們，只要不傷害人，每個人都有權利決定自己喜歡的志向，沒有人能強迫別人接受特定看法。

> ⚠ 提醒：**1** 思考議題是從故事中延伸出來的討論主題之一，不是唯一，提供給陪伴孩子共讀的成人一個方向。
> **2** 以讀者真心的好奇和提問出發，進行思考討論是最棒的。（其中的讀者包括孩子與成人）

我想要當……

活動人數： 2-4 人

準備道具： A4 紙和筆

職業參考： 鎖匠、作家、老師、消防員、醫生、水電工人、超商店員、計程車司機、歌手、Youtuber、程式設計師、廚師、獸醫……

STEP1　我想要當 _____

每個人輪流宣告「我以後想要當 _____」。由帶領人把名字和工作寫在紙上。

⚠ 提醒：有些回答可能不是典型的職業，例如「超人」、「姐姐」等等，只要這些回答背後有理由可追問，也可以進入 STEP2。

我以後想要當作家

我以後想要當獸醫

STEP2　因為 _____

帶領人訪問每個人，「你想要當 _____，是因為 _____ ？」。帶領人將理由寫在該工作旁。

⚠ 提醒：有些回答可能與現實不符，例如：「我想要當店員，因為顧店有很多時間可以看書」。此時不用急於評斷，可以在 STEP3，進一步引導討論「還有哪些工作可以看書？」

因為我喜歡看書

因為我喜歡小動物

STEP3　這樣的話，那 _____ 如何？

帶領人依序介紹每個人的工作和理由，並請大家根據這個理由，想一想有沒有其他的工作可以做呢？並訪問當事人是否喜歡這份新提供的工作，如果不喜歡，請當事人說明當中有什麼區別。由帶領人把這些討論寫在紙上。

⚠ 提醒：**1** 這個思考活動的目的是讓大家互相討論志向和選擇志向的理由，更了解自己，也更了解別人。若參加者提出的工作不符社會主流想像，帶領人也不需要急於批評，未來很遙遠，可以把工作選項當成工具，用來了解參加者心裡珍視的價值。
2 帶領人可以把筆記紙收存，把筆記內容放在心上，讓今天的回憶成為下次討論的話題。幾個月後也可以再玩一次，觀察變化和成長。

小利想當作家是因為喜歡看書，那小利也會想當老師嗎？老師應該也要看很多書哦！

可是當老師要跟大家講話，我不敢跟很多人講話。

昭昭想當獸醫是因為喜歡小動物，那昭昭也會想去動物園工作嗎？

可以喔！

你覺得下面這些說法有道理嗎？

Q1
保姆不見得要是女生，但必須細心。

 有　沒有

Q2
學者不見得要能記住很多東西，但必須要會查資料。

有　沒有

Q3
教練不見得要比學生厲害，但必須要能幫助學生學習。

有　沒有

Q4
老師不見得要喜歡學生，但必須要能幫助學生學習。

 有　沒有

Q5
政治人物不見得要誠實，但必須負責。

 有　沒有

Q6
警察不見得要孔武有力，但必須奉公守法。

 有　沒有

你覺得下面 ＿＿＿＿ 可以填上什麼？

1
幼兒園老師不見得要＿＿＿＿，但必須＿＿＿＿。

2
廚師不見得要＿＿＿＿，但必須＿＿＿＿。

3
消防員不見得要＿＿＿＿，但必須＿＿＿＿。

4
醫生不見得要＿＿＿＿，但必須＿＿＿＿。

5
軍人不見得要＿＿＿＿，但必須＿＿＿＿。

6
博物館館長不見得要＿＿＿＿，但必須＿＿＿＿。

小小
思考家

陪兒童 一起想
一起說
一起問

陪孩子從提問開始，進行思考實驗

楊茂秀 毛毛蟲兒童哲學基金會創辦人

「小小思考家繪本系列」為父母、教師提供：如何向各種年齡層的孩童學習提問，養成提問的態度與習慣。換句話說，成人得要向小孩、也就是人類文化的新成員學習，而那是大人對小孩最恰當的尊重。

若期望透過共讀繪本進行思考力培育，最重要的是成人與兒童、老師與父母，共同經營探索社群，以合作的態度，透過繪本內容延伸與提問，協同面對生活的各個層面。

「小小思考家繪本」陪親子讀出思考力

聽專家們分享兒童思考力培育的觀察與經驗，同時也聽他們說說為什麼親子需要「小小思考家繪本系列」。

Q 「小小思考家」企劃緣起是因為期望兒童成為一個世界公民，而許多研究公民教育的專家反映，從小學習關注公民權益，首要需要先培養思考能力，您認同嗎？

 我認同能進行公民議題的探討，最基礎的就是先要能有獨立思考和判斷力。兒童本來就具有思考力，成人要做的是讓他們盡情的發問探索。

 這個企劃緣起很好，公民意識和思考能力、思辨能力是密切相關的。

 我認同。公民對外需要思考和理解能力來跟立場不同者溝通，發揮多元社會的精神；對內也需要思考和理解能力來做判斷，才能活出自己認同的美好人生。

Q 透過親子繪本共讀能夠培育思考力嗎？

 孩子都喜歡聽故事，繪本故事是最好的思考力培育素材，只要故事能引起他們在生活上的連結與討論，就能進行思考力練習。所謂的思考力培育就是追隨孩子的提問進行思考探究，其深度和方式可隨孩子的狀態調整。

 當然可以，但是幫學齡前的孩子挑可供討論的繪本主題要越具體，內容要越貼近生活。

只要有空間來形成討論，共讀就能培育思考力。「小小思考家」系列目前每冊都規劃出討論用的題目和遊戲，也是很好的起點。

Q 「小小思考家」參照「教育部十二年國教中的十九大議題」作為繪本的選題。如果可以為這個系列選書或企劃，您會希望增加那些主題或內容呢？

進行思考力培訓，重要的是成人的態度與共讀的方法。孩子們總是真誠的回應他們看見的，只要故事主題貼近孩子的生活即可。如果能有更多臺灣創作者自製的繪本，而且有更開放性的敘事方式會更好。

期望主題能更貼近臺灣孩子的生活經驗，像是：建立自我價值感、勇於展現自己的想法等。另外，思考力很抽象，通常都需要有討論或實際活動引導，所以書末的思考活動設計很好，讓思考力培育能搭配遊戲活動。

期望故事能打破刻板印象，擴大孩子對生活的想像。目前書末結合故事主題設計的思考活動和遊戲我相當喜歡，讓孩子練習思考，也讓成人練習陪伴孩子思考。